ÉLOGE DE DELILLE,

ET CRITIQUE

DE SON GENRE ET DE SON ÉCOLE.

PAR L***.

IMPRIMERIE DE CHANSON.

A PARIS,
CHEZ CHANSON, IMPRIMEUR-LIBRAIRE,
Rue des Mathurins-Saint-Jacques, no 10;
ET CHEZ LES MARCHANDS DE NOUVEAUTÉS.

1814.

A M. LE COMTE DE SCEY,

MONTBÉLIARD ET DE LA MAINGLANE,

COLONEL DE CAVALERIE, CHEVALIER DE L'ORDRE ROYAL ET MILITAIRE DE SAINT-LOUIS, PRÉFET DU DÉPARTEMENT DU DOUBS.

Monsieur le Comte,

Il fallait une recommandation à mon premier essai, et j'ai osé la chercher dans votre nom. Ce n'est pas un hommage que je vous offre; il serait indigne de vous : c'est un honneur que vous accordez à mon ouvrage. Le nom de l'écrivain dont je célèbre les talens peut d'ailleurs lui mériter cette faveur. L'Eloge de Delille, de ce poëte qui devra le nom de poëte des Bourbons *à sa noble et courageuse fidélité pour nos Rois, à sa fière résistance aux menaces et aux séductions de la tyrannie, à ses chants de regrets dont il blessa souvent des oreilles farouches, paraîtra sous les auspices de l'homme le plus digne de la confiance dont nos Princes l'ont investi, comme celui qui avait le plus constamment témoigné son attachement fidèle à leur auguste famille. Vous me pardonnerez sans doute, Monsieur le Comte, d'avoir faiblement parlé de la gloire littéraire de Delille, si j'ai mieux parlé de son amour et de son respect pour son Roi.*

Enfin, Monsieur le Comte, j'étais trop fier de la protection dont vous m'honorez, pour tarder plus long-temps à me parer de ce titre, et à publier que vous me permettez de me dire,

Avec le plus profond respect,

MONSIEUR LE COMTE,

Votre très-humble et très-obéissant serviteur,

L.

ÉLOGE DE DELILLE

ET CRITIQUE

DE SON GENRE ET DE SON ÉCOLE.

La première inspiration poëtique de l'homme dut produire un hymne pour célébrer les merveilles de la Nature, et la seconde un hymne au Créateur de toutes ces merveilles. Ce fut ainsi que l'admiration enfanta la reconnaissance, et que la Poésie religieuse naquit de la Poésie descriptive. Je me représente le premier poëte du monde, un homme enivré du spectacle de l'univers, debout, la lyre en main, sur le sommet d'une montagne d'où ses regards se promènent sur les tableaux variés que la Nature déploie autour de lui. Il chante les forêts élevées, et l'azur d'un beau ciel, et le torrent dévastateur, et le fleuve majestueux. Il chante et le calme de la nuit, et l'harmonie des corps célestes, et l'éclair qui luit dans les ombres. Ce n'est qu'après une longue étude des combinaisons sociales qu'il établit des rapports de la société à la nature ; et qu'il compare le monde moral et le monde physique. C'est alors que le chêne élevé devient pour lui l'emblème des Grands menacés de la foudre ; un ciel pur est une belle ame ; le torrent est le fléau de la guerre qui ravage les champs, et le fleuve fécond, l'abondance qui circule dans un empire ; le calme d'un jour serein, celui d'une bonne conscience ; l'harmonie des mondes, celle d'un État bien constitué : tout enfin, dans cet assemblage imposant des créations divines et des institutions humaines, lui révèle les rapports sublimes qui rattachent la terre aux cieux.

Delille est de tous nos poëtes celui qui nous retrace le mieux l'image du poëte antique. Je crois le voir au milieu des campagnes, contemplant avec émotion les miracles du ciel et de la terre, et cherchant l'inspiration dans le spectacle d'une belle nature. Il s'élance du creux d'un vallon jusqu'au sommet de ces âpres montagnes : il se jette à travers l'obscurité des forêts, et redescend bientôt sur les gazons d'une verte prairie, parmi les fleurs et les buissons de roses. Tout-à-coup le bruit des cascades l'appelle ; il écoute, il frémit, et revient délasser son oreille au doux murmure d'un ruisseau : mais partout son ame, comme un miroir fidèle, reçoit l'impression des couleurs des objets : son vers s'élève avec le chêne altier, gronde avec le torrent, se traîne avec Ajax, ou vole avec Camille; partout son ame se façonne à des impressions diverses; partout il sent ce qu'il a vu, il peint tout ce qu'il a senti, et le poëte a trouvé de beaux vers dans ces lieux qui ne présentaient à d'autres voyageurs que de vaines couleurs et des tableaux muets.

Ce poëte est un de ceux qui ont le plus joui de leur réputation. Les succès de Delille n'ont été contestés que par les ennemis-nés de tout talent, ou par des hommes que les essais malheureux des imitateurs avaient indisposés contre le modèle. Rien ne décrédite plus un auteur original que la faiblesse ou le mauvais goût des imitations. Il en est de la littérature comme des religions et de la philosophie, où les sectateurs, exagérant les principes et les systèmes du fondateur du culte et du chef de l'école, ici, dénaturent la vérité de la révélation, là la pureté de la morale. On exagère les défauts de Delille, sans conserver aucune de ses beautés, dans des poëmes qui naissent et meurent en foule chaque jour : il semblerait plus juste d'attribuer à la perfection des originaux l'imperfection des copies, et de regarder une mauvaise imitation comme un hommage à l'auteur qui sert de modèle. Mais l'injustice des hommes a confondu les effets avec les causes, et les beautés du genre avec les défauts de la manière. Toutes les louanges prodiguées aux ouvrages de Delille n'appartiennent donc qu'à lui; la plupart des critiques doivent être renvoyées à ses imitateurs. Telle sera la division naturelle de ce discours : l'éloge du talent de Delille, et la critique de son genre. En un mot, nous rendrons hommage au génie du poëte, et nous signalerons avec une juste sévérité les vices de l'école.

PREMIÈRE PARTIE.

Comme à la suite d'un naufrage, l'aspect des riantes campagnes charme les yeux du navigateur consolé, et que son ame, encore troublée du tumulte de la tempête, aime à se reposer dans le calme des champs et d'un ciel azuré, ainsi l'esprit des Français, dégagé du désordre des révolutions, s'occupa doucement des riantes idées de la vie champêtre; et les descriptions d'un riche paysage délassèrent leur pensée trop long-temps effrayée de dangers politiques, ou troublée par des déclamations factieuses. Tous les Français cherchaient une distraction à d'amers souvenirs, quelques-uns même à des remords, et leur ame, s'échappant du milieu des institutions sociales, se réfugiait avec délices au sein de la nature. Telle fut l'occasion des poëmes et des succès de Jacques Delille. Les lecteurs assidus du Contrat social, des procès-verbaux de la Convention, et des constitutions qui s'élevaient sur les débris l'une de l'autre, se livrèrent avec transport à des lectures moins soucieuses, exemptes de toute abstraction politique, et pleines des charmantes images de la vie champêtre et de l'innocence primitive.

En littérature comme en politique, il s'agit de bien prendre son temps, et la plupart des succès peuvent être expliqués par les circonstances. Le premier mérite de Delille fut d'avoir connu le temps où il vivait, et d'avoir conçu le projet d'en profiter; le second, d'avoir justifié cette prétention par de grands succès, et surtout par de grands talens; car il faut trop souvent distinguer ces deux mots. Nous distinguerons donc, dans la réputation de Delille, les résultats des circonstances et ceux du génie.

Sa vie littéraire offre l'occasion d'une remarque à laquelle plusieurs hommes de lettres ont donné lieu: il débuta par son chef-d'œuvre, et marqua dès le premier pas le terme de sa gloire. Faut-il croire que toute l'ardeur de la première jeunesse, la fraîcheur de l'imagination encore vierge, et l'ambition d'un premier succès, développent dans un auteur, dès son premier effort, toute l'étendue de ses facultés? Faut-il croire qu'il s'endorme sur ce premier succès, et que, plus assuré de sa réputation, il devienne moins soigneux des moyens de la conserver? Quelles que soient les causes de cette inconcevable contrariété de la nature qui perfectionne tout avec les années, nous voyons, dans les fastes poétiques, plusieurs exemples de réputations prématurées qui ne se sont pas élevées au-dessus du point où les porta leur premier essor, ou qui même se sont rejetées en arrière. Delille s'est presque toujours soutenu à ce premier degré de succès; mais il ne l'a point surpassé.

Voltaire avait dit au sein de l'Académie: *Qui oserait parmi nous entreprendre de traduire les Géorgiques?* Un jeune homme l'osa, et le suffrage de Voltaire fut la première récompense de cette audace et le premier gage de son succès. La publication de cet ouvrage fut un évènement littéraire qui devint presque un évènement politique, par la grande faveur qu'obtint cette traduction dans les pays étrangers. Il serait intéressant d'expliquer comment elle ne contribua pas moins que les ouvrages originaux du 17e et du 18e siècle à répandre notre langue dans toute l'étendue de l'Europe, et pourquoi la lecture d'une traduction, plutôt que celle des chefs-d'œuvre de Racine, de Molière et de Bossuet, inspira vers cette époque, à l'Académie de Berlin, la question de l'universalité de la langue française.

Toutefois nous ne professerons pas pour cet ouvrage l'admiration religieuse de quelques esprits enthousiastes qui se sont interdit tout examen, et qui se sont révoltés contre les critiques qu'une admiration mieux sentie inspirait aux hommes de goût. Il y a des fanatiques en littérature comme en religion, qui voudraient faire de quelques renommées des articles de foi aussi respectables que d'autres plus sérieux. Osons croire cependant que nous pourrions sans impiété relever dans la traduction des Géorgiques des inexactitudes, des imperfections, des omissions graves, des additions hasardées, des fautes même de sens, et plus encore dans la manière de sentir; car on s'afflige de voir que le talent de Delille était surtout insuffisant à l'expression des plus doux sentimens de l'ame. Les fautes de l'épisode d'Euridice, et le contre-sens perpétuel du quatrième livre de l'Énéide ne témoignent que trop cette désagréable vérité.

C'en est assez pour la critique à l'égard de cette traduction. Avouons ici que l'étonnante flexibilité de notre langue, jusqu'alors inhabile aux détails de l'agriculture et des arts, et que la souplesse d'un talent qui se pliait avec tant de grâce au double joug de l'exactitude technique, et de l'élégance des vers, avouons que cette lutte presque toujours égale des deux auteurs et des deux langues; avouons enfin que cet art ingénieux des périphrases poétiques, mieux connu peut-être à Delille qu'à tout autre de nos écrivains, ont assez autorisé la surprise et l'admiration que témoignèrent au traducteur des Géorgiques la France, l'Europe et Voltaire.

Voltaire donc annonça le premier le talent de Delille, et nous saisirons cette occasion de compter au nombre de ses bienfaits publics les nobles encouragemens qu'il donnait à ce génie naissant. Heureuse la France, si toutes les promesses d'immortalité qu'il avait accordées à tant d'écrivains du dix-huitième siècle avaient été justifiées par d'aussi éclatans succès!

Cependant on était loin de prévoir quelle triste influence le succès d'un bon ouvrage pouvait exercer sur la littérature. Les éloges prodigués au talent descriptif du traducteur des Géorgiques décidèrent sa vocation; et Delille, adoptant par reconnaissance un genre auquel il rapportait sa gloire, s'attacha tout entier à la poésie descriptive. Cette ambition exclusive et cette préférence d'un genre absolument distinct sont les sources de tous ces poëmes descriptifs dont la France est inondée de nos jours, tous semblables entre eux par leur forme, et surtout par leur médiocrité. Le signal fut donné par le poëme des Jardins.

Ce poëme, qui présente une suite non interrompue de beaux vers, n'en est pas moins une des lectures les plus fatigantes que la littérature du dix-huitième siècle propose à notre curiosité. Partout on admire cet art prodigieux du poëte que ne rebute aucun détail, et qui couvre de fleurs l'aridité des leçons du jardinage. Mais combien un poëte est éloigné du but de la poésie, s'il ne parvient qu'à se faire admirer. L'admiration, si flatteuse pour l'auteur, est une injure pour l'ouvrage. Quel contre-sens que celui de faire remarquer un art que le plus grand art est de dissimuler et de faire oublier. Partout je vois l'habileté du versificateur : je m'étonne des difficultés vaincues, mon esprit seul reçoit quelques impressions; mon goût est satisfait, toutes mes jouissances sont littéraires, mais mon cœur est muet, et je n'oublie jamais que je tiens un livre.

Des jardins de nos villes le poëte s'est exilé dans les champs, plus près de la nature, et loin de ces paysages factices, fruits du luxe et de l'industrie. Mais il a porté dans les champs avec lui les goûts et les plaisirs de cette ville qui fut toujours son asile favori. Semblable à ces riches du jour dont l'orgueil contrarie à grands frais les saisons et les lieux, et dont le luxe échange les plaisirs de la ville transportés à la campagne, contre les goûts de la campagne transportés à la ville ; l'homme des champs dont Delille nous a fait le portrait n'est plus ce vieillard des Géorgiques, tel que Virgile nous le représente dans son réduit vraiment champêtre ; c'est un élégant citadin qui, par ton, s'exile quelques mois dans une maison de plaisance, suivi de sa Bibliothèque des romans, de son trictrac, de son billard, et de la troupe de société qui joue avec tant de grâce et d'esprit les proverbes de Carmontelle.

Il est curieux de remarquer, et cette remarque est suggérée par le mélange bizarre des *mœurs* urbaines et des *mœurs* rustiques, qui caractérise les nouveaux poëmes ; il est curieux de remarquer que nos poëtes descriptifs, et je n'en excepterai pas Delille, préfèrent le séjour des villes à l'habitation des campagnes. On me répondra qu'un poëme peut être bien fait au village, mais qu'un succès ne se fait qu'à Paris. Cependant quelques tirades de leurs ouvrages respirent cette inspiration que le poëte ne trouve qu'à l'ombre des forêts, où sur les rives d'un fleuve, ou dans les détours des prairies. Mais si je m'égare pendant cent vers avec eux au milieu des campagnes, attirés eux-mêmes par un charme invincible, ils me ramènent insensiblement à la ville, dans leur cabinet; et, détrompé de mes illusions, au lieu d'un poète errant avec enthousiasme dans des plaines fleuries, je ne vois plus qu'un versificateur assis de sang-froid devant un papier chargé de ratures.

Amis des beaux-arts et des beaux vers, pourquoi faut-il suspendre ici l'enchantement de votre admiration? Pourquoi les sentimens patriotiques d'un Français viennent-ils combattre en mon cœur les vives émotions de l'enthousiasme? Pourquoi faut-il reprocher d'imprudens souvenirs aux plus brillans ouvrages du chantre de l'Imagination et de la Pitié? O Delille! pourquoi ta muse a-t-elle accusé ta patrie, et comment n'as-tu pas accordé le génie d'un poète et les devoirs d'un citoyen? Honneur au vertueux sentiment qui te dicta de si touchans regrets sur de célèbres infortunes écrites en lettres de sang dans les fastes de notre Histoire! Honneur à ta fidélité pour d'illustres victimes! Mais si tu les suivis aux rives étrangères, si tu charmas des accords de ta lyre les regrets et l'ennui de l'exil, pourquoi, rentré dans tes foyers, as-tu depuis affligé nos esprits de si pénibles souvenirs? Après les grandes calamités, la sagesse antique faisait une loi de l'oubli, loi clémente et consolatrice qui effaçait jusqu'aux traces des malheurs passés. Il était digne d'un élève, d'un imitateur, d'un rival des génies de la Grèce et de Rome, de faire revivre cette noble et prudente coutume. Oui, tu devais nourrir dans ton cœur le sacré souvenir des Rois! Ta muse ne dut point profaner son encens sur des autels parjures; mais il fallait déposer sur les rivages d'Angleterre tes regrets et tes inimitiés; il ne fallait pas étendre sur tous les Français le crime de quelques méchans, et nous présenter sans cesse la désolante image de nos dissensions. Tel fut cependant le motif de ce poëme, qui signala ton retour en France, la Pitié! Oui, tu devais chanter cette vertu trop long-temps exilée de la France! Il fallait relever ses autels sur les débris des échafauds. Mais tu n'as pas dû mêler des reproches à des consolations! La pitié! nous avions tous besoin de l'inspirer et de l'éprouver peut-être; mais nous avions plus besoin encore de reposer nos cœurs et nos pensées sur des images plus douces, d'innocence et de paix. La pitié! digne objet de tes chants, si tu l'avais isolé des circonstances trop récentes dont les tristes effets nous entouraient encore! Oh! surtout aujourd'hui, craignons de déchirer les cœurs du souvenir de crimes que nos malheurs ont en quelque sorte expiés. Ne blessons pas d'augustes et de délicates oreilles qui ne doivent plus être frappées que d'accens de joie et d'amour. Français! au nom de vos malheurs passés et de votre bonheur présent, oubliez vingt-cinq ans de discordes, de revers, d'excès, de victoires plus coupables peut-être; oubliez ce que vous avez osé, au souvenir de ce que vous avez souffert!

Inspiré par la reconnaissance, Delille consacra son talent à la traduction du chef-d'œuvre, orgueil de l'Angleterre, et paya par un bel ouvrage une généreuse hospitalité. Il rapporta dans sa patrie cet objet du culte des Anglais, qui allait devenir celui de l'admiration des Français. Ainsi Delille unit par un même sentiment les deux peuples rivaux, et conquit au génie de l'Angleterre les suffrages de la France. Les lecteurs que la connaissance des deux langues rend les plus dignes juges de cette traduction, en sont aussi les partisans les plus zélés, et leur admiration n'en est que mieux sentie. La traduction du Paradis perdu concilie donc les suffrages des deux peuples!

heureux accord, dont les arts et la littérature unissent les nations les plus désunies par la politique et par la guerre. Honneur aux poëtes et aux artistes dont le génie rattache entre eux par de si beaux liens les pays que divisent les intérêts de l'ambition!

Virgile fut moins heureux que Milton, et la traduction de l'Énéide ne fut que trop indigne de celle du Paradis perdu, et de la juste réputation du traducteur. J'expliquerais facilement cette contradiction apparente par la différence du génie des deux auteurs originaux. En effet, le talent de Delille s'accordait mieux avec le *grandiose* de Milton qu'avec la simplicité de Virgile. Il serait aisé de démontrer la vérité de cette opinion, par le rapprochement des différens morceaux qui caractérisent le mérite de la traduction du Paradis perdu, et de ceux qui constituent les défauts de la traduction de l'Énéide. Les tirades les plus marquantes de l'une sont celles qui demandaient une exagération d'images plus appropriées au talent de Delille. Les morceaux les plus défectueux de l'autre sont ceux qui exigeaient cette noble élégance, cette sage mesure, cet atticisme, première vertu de Virgile, peut-être inconnue à son traducteur.

Certes l'occasion serait favorable de discuter cette question tant de fois traitée, du mérite et de l'utilité des traductions. Quelques littérateurs ont renouvelé dans des écrits périodiques cette interminable dispute que réveillera toujours la naissance d'une traduction. Cette discussion, comme tant d'autres, fournira toujours aux deux partis de spécieux et de justes argumens, et des preuves de fait vraies et contradictoires. Delille lui-même donne raison aux uns et aux autres par ses traductions des Géorgiques et de l'Énéide. Il en est ainsi de toutes les questions posées sur les avantages et les inconvéniens d'une institution quelconque. Tout est bon, tout est mauvais relativement; tous les objets ont deux faces, et il sera de tout temps aussi facile de louer que de blâmer tel homme, telle action ou tel livre. On fera toujours bien de traduire comme Delille a traduit les Géorgiques: on aura toujours tort de traduire comme Lefranc de Pompignan avait traduit le même ouvrage. La traduction de l'Énéide sera du moins utile à la littérature classique, par les fréquentes occasions qu'y trouveront les professeurs d'indiquer aux élèves ce qui distingue les beautés de l'original des vices de la copie : comparaison propice et salutaire, qui définira le bon et le mauvais goût par des exemples plus éloquens que toutes les subtilités des rhéteurs! Heureux fruit que l'on peut tirer encore des erreurs d'un grand poëte! Triomphe éclatant de cette inaccessible perfection de Virgile, à laquelle tout le talent de Delille n'a pu atteindre!

Au moment où je termine cet Éloge, on annonce une nouvelle édition de l'Énéide traduite par Delille, avec un changement de plus de quatre mille vers : ce qui justifie la critique que je me suis permis d'en faire au nom du goût. Les auspices favorables sous lesquels se présente au public cette nouvelle traduction, honorée d'une dédicace à Sa Majesté l'Empereur de Russie, et les nombreuses corrections dont elle est enrichie, font présumer un succès plus digne de Virgile et de Delille lui-même.

Delille, accusé trop souvent de répétitions descriptives et d'une préférence d'objets dans lesquels il semblait concentré, s'est jeté du milieu du monde physique dans le monde moral, et des descriptions de la nature dans les abstractions de la métaphysique. Il publia le poëme de l'Imagination.

L'imagination! quel sujet vaste et indéfini! L'auteur a cru prévenir tout reproche en rappelant que Lucrèce avait déjà donné l'exemple de cette hardiesse du génie qui s'égare dans l'espace illimité de la nature, et qui embrasse dans sa pensée l'immensité de la création. Cette excuse ne réfute pas l'objection que l'on fera toujours à ces sortes d'ouvrages qui ne remplissent pas et ne peuvent pas remplir leur cadre imaginaire aussi vaste que l'infini. Comment comprendre dans les limites d'une composition poétique tous les rapports de l'imagination qui s'élance avec Dieu dans l'espace des mondes, qui remonte le passé tout entier, qui creuse toutes les profondeurs de l'avenir, et qui n'a pas plus de bornes que l'éternité? Il ne faut donc considérer le poëme de Delille que comme un recueil de beaux vers, et le plus riche peut-être dont la poésie française doive s'enorgueillir. Les vérités de la philosophie et de la morale, les idées majestueuses des cultes, les nobles images des arts s'y montrent embellies des prestiges et des charmes de l'éloquence poétique. On y retrouve avec étonnement et plaisir des passages entiers des philosophes anciens et des modernes, parés de toutes les graces du langage le plus harmonieux et le plus élégant. L'Imagination n'y abandonne pas son poëte; elle anime ses tours, ses expressions, ses figures, et l'on oublie, au milieu des enchantemens de cette magique poésie, que le génie d'invention manque à cet ouvrage, à cet auteur si riche et si fécond en beautés de détail.

Delille a surtout employé dans ce poëme la ressource des épisodes, si nécessaires aux ouvrages, soit didactiques, soit descriptifs. Il a senti quelle est la froideur d'un poëme que ne réchauffe aucune action. Aussi a-t-il jeté quelques personnages au milieu de ses descriptions. Mais on reconnaît trop aisément que ce sont des figures postiches, rattachées avec effort au fond de ses tableaux. Ses épisodes, remarquables par un charme de poésie tout particulier, pourraient facilement être séparés de l'ouvrage, sans interrompre la suite des idées, et sans laisser de vide dans l'édifice du poëme. Lui-même s'est placé plus heureusement au milieu de quelques-uns de ses ouvrages, et surtout du poëme de l'Imagination, par des souvenirs et des espérances qui rompent agréablement la monotonie des descriptions. Il ramène avec complaisance les souvenirs de son voyage en Grèce, le vœu de saluer un jour le ciel de l'Italie, les charmantes images du sol natal et de l'amour de la patrie, la sombre mélancolie de la vieillesse et de la cécité, et les touchans regrets d'une jeunesse brillante de gloire et de plaisirs. On aime à se trouver tout-à-coup en rapport avec le poëte. On aime une courte confidence de ses plaisirs et même de ses peines. On s'entretient un moment avec lui; et, de l'admiration pour l'ouvrage, on passe à l'amitié pour l'auteur. Mais il faut user avec ménagement de cet artifice ingénieux, qui deviendrait un ennuyeux amour-propre. Il faut se montrer avec timidité, modestie et discrétion. Montaigne seul a pu dire *moi* pendant quatre volumes.

Il serait trop facile de louer ou de blâmer par des citations. Aucun poëte dans l'histoire de la poésie antique et de la poésie moderne ne présente des disparates aussi frappantes, des contrastes aussi marqués de bon et de mauvais goût, de grâce et d'affectation, de noblesse et d'enflure, d'intérêt et d'ennui. Le système de La Harpe, qui ne demandait que vingt vers d'un auteur pour présumer de son talent, l'aurait entraîné dans d'étranges erreurs sur le talent de Delille. Je détacherais aisément d'un de ses ouvrages un morceau de vingt vers qui ferait regretter Chapelain, et je citerais aussi facilement peut-être trente vers de suite qui rappelleraient Despréaux. Comment expliquer cette inconcevable contrariété d'un talent si différent de lui-même, et comment concilier des louanges et des critiques toutes aussi vraies qu'excessives?

Les œuvres de Delille renferment peut-être les plus beaux vers et les plus mauvais de la langue française : je dis les plus beaux sous le rapport de l'harmonie, de la coupe et des images, car ils ne s'élèvent jamais au sublime des pensées, ni des passions. C'est aussi le mérite de Claudien, qui peut-être a mieux arrondi des périodes que tout autre poète latin. Je m'abstiendrai donc de toutes citations, parce que toutes seraient suspectes, et que dans quelque sens que je voulusse citer, on pourrait aussitôt m'opposer un contraste. D'ailleurs l'étendue des ouvrages de Delille rend le choix incertain, et l'on risque de citer trop ou trop peu. Je me contente de présenter ici l'analyse de son génie, et de montrer de quelles qualités et de quels défauts il se compose. C'est aux lecteurs à se rappeler ou à chercher les morceaux qui motivent mes éloges ou mes critiques, et auxquels chaque trait de ce Discours peut se rapporter.

Delille a souvent ramené dans ses ouvrages la pensée de la mort. Il semblerait qu'il cherchât à se familiariser avec cette vue de la mort, qui devait effrayer un homme que la gloire et le bonheur attachaient à la vie.

J'ai lu sur ce sujet peu de morceaux aussi touchans que celui du poëme de l'Imagination. Il me serait d'ailleurs impossible de peindre l'impression que ce morceau produisit sur mon cœur, lorsqu'au sein de l'Académie, de cette même enceinte qui retentit de ses premiers vers, j'admirais cet illustre vieillard couronné de quarante ans de gloire et de vertus, lorsque je l'écoutais prononcer avec émotion et d'une voix solennelle ces vers ennoblis d'une philosophie si consolatrice; ces Adieux à la Vie, ce Dernier Chant du Cygne. Tous les yeux restaient attachés sur lui, tous les yeux étaient pleins de larmes, hélas! qu'il ne pouvait pas voir! Ah! du moins il entendait autour de lui le frémissement de l'ivresse et de l'admiration, les applaudissemens de l'enthousiasme, et le silence du respect. Alors j'ai connu toute la majesté de la poésie, j'ai connu toute la dignité du vrai poëte; mon jeune cœur s'est ému d'espérance et d'attendrissement, ma verve naissante s'est allumée aux feux de son génie mourant; je ne sais quel pressentiment s'est élevé dans moi, et fier de pouvoir dire aussi: *Vidi Virgilium*, j'ai juré de l'imiter un jour, ne fût-ce que pour mieux sentir ses beautés ravissantes, et l'admirer plus dignement.

Enfin, le peintre brillant de cette nature artificielle, fille du luxe et de l'art qui dessine nos jardins et nos maisons de plaisance, consacra ses derniers chants à cette nature simple et vraie, qui rassemble sous trois espèces générales les innombrables variétés de la création. Mais le poëte se plaça dès-lors entre le double écueil d'une poésie sèchement technique, ou d'une science frivolement ornée. Il fallait également fuir l'excès d'une aride nomenclature, et celui d'une description d'autant plus inexacte qu'elle serait plus embellie. En un mot, entre le danger d'être trop poëte ou trop physicien, il ne restait plus à choisir que le parti modéré d'être tour-à-tour l'un et l'autre (ce qui condamnait à ne l'être qu'insuffisamment), et de tempérer la froideur des détails didactiques par la douce chaleur des descriptions poétiques. Mais comment Delille n'a-t-il pas senti le vice radical de ce système de composition, qui, pour satisfaire tous les goûts, n'en satisfait aucun. Oh! que le poëte doit se garder de cet art des ménagemens qui le balance entre deux excès dans une région tempérée où s'éteignent toute verve et tout enthousiasme. On voit trop souvent en politique des hommes à double face qui se font avec tant d'adresse des amis dans les deux partis, qu'ils parviennent à se faire détester de l'un et de l'autre. La poésie, qui ne vit que de fictions et d'images exagérées, devient, à ce titre, l'ennemie la plus naturelle des sciences exactes ; et le poëme le plus médiocre sera donc celui qui, par un mélange bizarre de froides notions et de vives images, contiendra une érudition élégamment frivole et des vers savamment ennuyeux. Mon esprit veut-il s'enrichir de la science de l'histoire naturelle? j'ouvre Pline et Buffon; mon cœur cherche-t-il des émotions? ô Racine! ô Voltaire! je relis vos divins ouvrages! mais certes je ne chercherai point la science dans des descriptions en vers, ni des sentimens dans une physique rimée. Malheur au poëte qui ne considère pas avant tout, les faces diverses d'un sujet, qui n'a pas calculé l'effet de ses parties et de son ensemble, et qui, dans le plan d'un ouvrage, ne voit que le prétexte indifférent des détails de l'exécution. Combien il perdra de beaux vers dans le vague d'un cadre mal déterminé! que de riches broderies sur un tissu fragile! Tel est le défaut inné du poëme des Trois Règnes de la Nature, défaut qui condamne cet ouvrage à n'être jamais lu de suite, et qui le place, dans les bibliothèques, entre les limites de la physique et de la poésie, sans lui donner un rang dans l'une ni dans l'autre.

Il est un art que Delille possédait éminemment, et dont il a voulu nous donner les préceptes, l'art de la conversation. Nous ferons observer cependant qu'il en a retracé la scène plutôt que les principes, et que son poëme est moins didactique que pittoresque. Le poëme de la Conversation est une galerie de portraits d'une physionomie piquante, d'une ressemblance parfaite, et du plus brillant coloris; mais si les autres poëmes de Delille avaient le défaut déjà tant reproché à l'auteur de présenter, au lieu d'un vaste et unique tableau, une suite de tableaux isolés et partiels, ce dernier ouvrage offrira bien moins d'intérêt encore, puisqu'on n'y verra qu'une série de portraits détachés et confus. Boileau avait déjà reproché à La Bruyère la désunion et l'isolement de ses portraits; et si le sévère critique a cru pouvoir faire un semblable reproche à un ouvrage en prose et de philosophie, ouvrage moins susceptible des grandes et justes proportions d'un poëme, qu'aurait-il dit de cette incohérence de figures mal groupées, et dont les physionomies différentes et les attitudes contraires étaient bien loin d'offrir cet accord et cet ensemble d'expression qui caractérise les tableaux des grands maîtres? Je cherche encore avec étonnement quel motif a pu décider Delille à décorer du titre de Poëme un ouvrage qu'il ne devait intituler que *Portraits et Caractères.* Jugé sous ce rapport, on ne peut qu'admirer la variété, la grâce et la vivacité des images. Quelques traits ravis à la prose de La Bruyère et de Montesquieu ont acquis un nouveau mérite dans les vers de Delille; et sans doute un tel éloge est aussi glorieux que mérité. L'auteur s'est involontairement placé dans cet ouvrage, car le portrait de l'homme aimable n'est que le sien. Il le traçait par distraction devant un miroir. Tous ses contemporains l'ont reconnu, et plus heureux que la postérité, nous avons pu chérir le caractère de celui dont elle ne pourra qu'admirer le talent.

Nous n'examinerons pas ici les différens morceaux que Delille a réunis sous le titre de Poésies fugitives. L'Epître sur les voyages a le mérite d'être le premier essai de sa muse naissante. On y trouve déjà le germe de ce talent descriptif qui devint le talent exclusif du poëte. L'Epître à M. Laurent fut un de ces tours de force poétiques dont le mérite n'est que dans la difficulté surmontée, et qui sont en poésie ce que sont en architecture ces petits temples de cristal que construit avec artifice une industrie minutieuse, monumens aussi fragiles que brillans. Hâtons-nous de parler d'un des ouvrages qui honorent le plus notre poëte, parce qu'il témoigne autant en faveur des sentimens que du génie.

Un bel ouvrage est souvent le produit d'une bonne action, et j'en atteste surtout la plupart des ouvrages de Voltaire, recommandables par un caractère d'utilité publique ou privée, qui ne donne pas à ses livres un succès purement littéraire. Delille n'a rencontré qu'une seule occasion d'appliquer son talent à des intérêts politiques, et sa muse, appelée une seule fois à consacrer une époque mémorable, n'a trouvé dans cette occasion d'une flatterie, alors utile, et d'un succès populaire, que celle d'une courageuse audace et d'un honorable danger. Au milieu des rêves de l'anarchie et du despotisme de 1794, un homme, dont l'histoire devrait oublier le nom, imagina, pour les besoins du peuple, un Etre suprême, et commanda la foi par un décret. Je ne sais par quelle distraction il prêcha l'immortalité de l'ame, qui ne pouvait être pour lui que l'éternité des remords. Il est probable qu'il avait cru cette doctrine sans conséquence, et qu'il la proposait au peuple comme un espoir frivole dont il se gardait bien de se faire l'application à lui-même. Quoi qu'il en soit, il crut la poésie nécessaire à cet article de foi, pour en autoriser l'importance et pour en populariser l'effet. Il fit à Delille l'outrage de lui offrir cette mission poétique et politique, et Delille eut le courage de l'accepter.

Quelle était la prétention du tyran? celle de prêcher l'immortalité des bons pour amuser ses victimes d'une consolation frivole. Quel était le devoir du poëte? celui d'annoncer l'immortalité des méchans, pour effrayer les bourreaux d'un supplice infini. Delille, rassemblant alors tout le courage du génie et de la vertu, et pénétré de l'importance des vérités qu'il allait faire entendre, s'avance entre les victimes et les bourreaux; il chante l'immortalité de l'ame, et fait retentir tout-à-coup au pied de l'échafaud où monte l'innocence, au pied du tribunal où siége le crime, deux vers, deux cris de la justice vengeresse.

Il dit aux malheureux qui succombent :

Consolez-vous, vous êtes immortels!

Il dit aux scélérats qui triomphent :

Tremblez, vous êtes immortels!

Terrible et consolante vérité! espoir de l'innocent qui meurt! effroi du coupable qui juge! En effet, le dictateur fut tellement effrayé de la beauté, ou plutôt peut-être des vérités du dithyrambe, qu'il n'osa pas le faire servir l'usage à public auquel il était destiné, et qu'il n'osa pas même sacrifier l'auteur. Tant cette audace imprévue avait bouleversé ses idées, et déconcerté ses habitudes!

J'ai parcouru la suite des ouvrages de Delille. J'ai marqué sommairement les principaux caractères qui constituent leur mérite et leurs défauts, et s'il fallait résumer ici les qualités de l'auteur par celles de ses œuvres, je hasarderais de tracer ce portrait de Delille, tel que me le représentent les impressions que j'ai reçues de la lecture de ses ouvrages. Un homme doué de l'imagination la plus vive, et dont l'esprit éminemment poétique répand sur tout ce qui s'offre à ses regards les illusions les plus magiques et les couleurs les plus brillantes, avide également de voir et de peindre tout ce qu'il voit, et ne considérant les objets que sous un aspect noble et pittoresque qui les rend susceptibles de tous les ornemens de la plus riche poésie; un homme toujours amusé des fictions de cette langue vraiment céleste qui dédaigne les expressions et les tournures vulgaires; un homme en qui cette habitude de tout voir poétiquement avait fait naître la facilité, le besoin, dirai-je, de tout décrire en termes les plus poétiques ; un homme à qui ce perpétuel mouvement d'esprit et cette inépuisable fécondité de sensations et de verve n'ont pas laissé, dans quarante ans de travaux et d'enthousiasme, une heure pour méditer de sang-froid le plan d'un ouvrage dont il avait achevé tous les détails avant presque d'avoir déterminé le plan du sujet ; un homme enfin qui a enrichi notre langue de ses plus beaux vers et de ses plus élégantes formules, et qui fut poëte sans avoir jamais pu faire un poëme.

Tel fut Delille, et tels ne furent pas ses élèves. On aurait presque oublié les défauts de son genre, couvert de tout l'éclat de son talent, si des imitateurs, qui copient sa manière sans avoir son génie, ne nous rappelaient chaque jour le vice inséparable de ce système de composition. C'est à la gloire de Delille que je les immolerai ; car c'est louer encore son génie, que de remarquer le néant de son école.

SECONDE PARTIE.

ON conçoit difficilement que Delille, doué d'un talent supérieur, ait adopté et poursuivi pendant quarante ans une erreur dont malheureusement ses succès lui fournissaient chaque jour l'excuse. On conçoit plus difficilement encore qu'obligé souvent de répondre aux critiques qui ne s'adressaient qu'à son système, il ait opposé pour défense des armes qu'il était trop aisé de détourner contre lui. Comment n'a-t-il pas senti la faiblesse de l'apologie qu'il a insérée dans la Préface du poëme de l'Homme des Champs. Justement accusé d'avoir choisi des sujets peu intéressans, séduit par cette chimère d'un genre essentiellement descriptif qu'il s'était créé, il ose invoquer en sa faveur le témoignage des grands poëtes pour prouver que la description des scènes de la nature peut être une source d'intérêt : « Milton, dit-il, » le Tasse et Homère ne pensaient pas ainsi, » lorsque dans leurs poëmes immortels ils » épuisaient sur ce sujet les trésors de leur

» imagination. Ces morceaux, lorsqu'on les » lit, retrouvent ou réveillent dans nos cœurs » le besoin des plaisirs simples et naturels. » Virgile, dans ses Géorgiques, a fait d'un » vieillard qui cultive au bord du Galèse le » plus modeste des jardins, un épisode char» mant qui ne manque jamais son effet sur » les bons esprits, et les ames sensibles aux » véritables beautés de l'art et de la nature ». Delille prononce lui-même son arrêt. Oui, sans doute, Homère, le Tasse et Milton ont semé des descriptions champêtres dans leurs poëmes; mais leurs poëmes ne sont-ils que descriptifs, dans l'acception que Delille donnait à ce mot? Oui, sans doute, la description était un des élémens de leur composition, mais ont-ils essayé de faire d'un moyen secondaire le sujet principal de leurs poëmes? Oui, sans doute, Virgile a fait un épisode de son Homme des Champs, mais en a-t-il fait un poëme entier?

Tous les genres participaient l'un de l'autre,

> Et la description se plaçant à propos,
> A ces genres divers sobrement départie,
> Venait dans chaque tout former une partie.

Et Delille s'autorise de tels exemples! Tout autre que lui serait suspect ici de mauvaise foi.

Les succès de Delille enivrèrent tous les esprits. Nos rimeurs ne virent dans ses ouvrages que la facilité d'enchaîner des hémistiches, sans plan, sans sujet même, et sans autre loi que le caprice du moment. Alors se répandit sur la France une nuée de poëmes éphémères. Delille avait chanté les jardins, l'homme des champs et les trois règnes. On chanta les paysages, la ferme, le verger, la maison des champs, les plantes, l'agriculture, les oiseaux, l'astronomie, l'incrédulité, la navigation et le printemps, le printemps aujourd'hui plus froid en poésie que les hivers du Kamtchatka. Un mot était le signal d'un ouvrage; il servait seul de plan, de cadre et de canevas. On y rattachait deux ou trois mille vers, et voilà ce qu'on appelait un poëme.

Les esprits médiocres, dans tous les temps, ont été soumis à l'impulsion des génies supérieurs. C'est ainsi que chaque siècle littéraire porte le cachet du grand maître qui s'élève dans quelque genre que ce soit, et que les gens de lettres du second ordre reçoivent le mouvement que leur communique un grand homme contemporain. Nous remarquerons encore que les imitateurs qui n'ont pas le talent d'inventer ont encore moins le goût de choisir les objets d'imitation. Je n'en connais pas un dans toute l'histoire des arts qui ne se soit attaché surtout à la copie plus facile des défauts de son modèle, et qui, par le travers même de son choix, ne se soit fait un mérite de les avoir exagérés. Preuve désespérante de l'impuissance de l'imitation sur les beautés vraiment originales! hommage éclatant que la médiocrité rend au génie!

Les exemples mille fois répétés, les obstacles mille fois renaissans de cette invincible difficulté n'ont point découragé le troupeau des imitateurs. Tout grand poëte a fait une école, et toute école n'a produit que de mauvais ouvrages. Pourquoi cette obstination de la médiocrité contre cette grandeur inabordable du génie? Plaignons cette foule d'auteurs que chaque génération reproduit, placés entre la manie d'écrire, et l'impuissance de créer. C'est à de tels hommes qu'est réservé le rôle d'imitateurs. Deux écoles se partagent aujourd'hui en France le domaine de l'éloquence et celui de la poésie. Je ne parlerai que de l'école de Delille. Celle de l'auteur d'Atala est irrévocablement jugée par les hommes de goût. Je vais marquer les écueils du genre descriptif (puisqu'il faut adopter cette expression dans un sens absolu). Je ne ferai aucune application particulière de mes principes ni de mes critiques à tel ou tel ouvrage. C'est à l'école entière que je m'adresse, au nom du goût et de deux siècles de gloire littéraire, dont l'héritage est compromis par les dangereuses nouveautés du dix-neuvième siècle.

Le défaut principal des ouvrages purement descriptifs, le vice de leurs auteurs, c'est le vague d'une imagination livrée à elle-même, qui, s'abandonnant à ses caprices, s'égare sans règle et sans frein, et dans son essor inégal s'élance quelquefois au-delà des bornes prescrites, ou reste souvent même en-deçà d'une juste mesure. Trop ou trop peu, voilà les excès où doit entraîner un système irrégulier de composition. Je demande quelle figure formerait le bronze du statuaire, si le moule, préparé d'avance, n'était dessiné dans toutes les proportions exactes du corps humain. Le métal s'échapperait en mille sinuosités, et sa masse refroidie n'offrirait plus qu'un visage difforme. Le plan d'un poëme est le moule d'une statue, et l'auteur qui rassemble en un corps d'ouvrage des morceaux épars dans son portefeuille n'est que le statuaire qui rapporte l'un à l'autre des membres façonnés séparément et d'une proportion inégale.

Delille n'a point dissimulé lui-même l'origine de quelques-uns de ses poëmes et l'histoire bizarre de leur création. C'est ici l'occasion de parler de ces morceaux de portefeuille, que le caprice du poëte crée en se jouant, et que son industrie rattache ensuite à un sujet principal. Certes, ce fut un nouveau procédé dans la littérature que celui d'écrire avant de penser, et de remonter des développemens accessoires à l'idée première d'un ouvrage. Une telle découverte était réservée de droit au siècle où tout se faisait à contre-sens; et il ne sera pas indifférent à l'histoire de nos jours de remarquer comment la poésie suivit, comme tout le reste en France, la pente rétrograde de l'esprit public.

On sait donc, et Delille a laissé échapper ce secret, que ses élèves ont pris pour un secret de l'art dont il se sont fait depuis une loi; on sait, dis-je, que Delille reliait en un volume tous les morceaux épars dont il avait rempli son portefeuille, et qu'après les avoir divisés en quatre ou huit chants, il donnait un titre et le nom de poëme à cette mosaïque rimée. Au moins a-t-il couvert ce défaut de génie de tout l'éclat d'un esprit étincelant de verve. Au moins nous a-t-il consolés du fonds par la forme, et quiconque entreprendra la lecture de ses ouvrages avec le seul désir de lire et d'admirer de beaux vers ne sera point trompé dans son attente ; et s'il n'applique son attention qu'à des détails, sans occuper sa raison d'un plan vaste et unique, il aura la satisfaction de trouver à chaque page de nouveaux sujets d'admiration et de plaisir. Mais s'il faut tout l'art du style et toute la variété de l'imagination pour déguiser la nudité et la disproportion de l'ouvrage, quelle sera, je le demande, la ressource des esprits médiocres, qui, fidèles à leur habitude facile d'imiter les défauts, et à leur impuissance habituelle d'imiter les beautés, ajouteront aux vices du fonds les vices de la forme, et ne laisseront au lecteur que l'embarras de décider s'ils sont plus mauvais auteurs que mauvais écrivains ?

Il y a, me dira-t-on, et je le sais, il y a des momens de verve où l'esprit se dégageant de la symétrie d'une composition régulière, et ravi tout-à-coup par une pensée, par un sentiment, par un souvenir qui lui plaît, s'y abandonne avec transport, et s'élève quelquefois, dans cet élan rapide, jusqu'aux plus sublimes beautés. Eh quoi ! faudra-t-il sacrifier ces généreuses inspirations à la froide manie d'un travail suivi méthodiquement ? Non, sans doute ; mais il faudra les utiliser en se créant d'avance un plan auquel on rattachera tous ces morceaux de détail, et non pas en rattachant un plan tardif à des tirades prématurées. Je le sais, une situation passagère, l'émotion actuelle de l'esprit et même des sens déterminent souvent dans le poëte le choix du sujet qu'il va traiter ; mais si le plan d'une tragédie est invariablement fixé, le poëte ne peut-il pas indifféremment, et d'après la situation où il se trouve, ne peut-il pas adopter pour sa tâche du moment telle scène qui sera plus conforme à la disposition de son cœur? Oui, c'est dans ce cas seulement que je permets à l'esprit du poëte de se livrer à l'irrégularité de son essor, soumise toutefois à la régularité du plan déjà tracé. Mais qu'une imagination sans but et sans route marquée divague dans tous les sens, et que l'on prétende rassembler en un ouvrage tous ces rèves d'un délire désordonné, voilà ce que la raison et Boileau défendent sévèrement, et voilà ce que font les imitateurs de Delille.

Quel est donc, demanderont-ils, le moyen d'éviter cet écueil ; et comment accorder le sang-froid des conceptions et l'enthousiasme de l'inspiration? Je leur indiquerai le procédé des grands maîtres ; celui de placer ses passions sous l'influence de son génie et du choix qu'on a fait, de sorte qu'il n'inspire plus que des morceaux rélatifs à l'ouvrage conçu; mais non pas de placer son génie sous l'influence de ses passions qui le distrairont en mille manières. L'esprit, une fois pénétré du sujet qu'il a choisi, porte avec lui, dans tous les lieux et dans tous les instans, cette profonde pensée de l'ouvrage conçu. Toujours et partout il est suivi de cette intime réflexion, et toutes ses idées comme toutes ses remarques coulent de cette source, et s'y rapportent d'elles-mêmes. Comme un homme occupé d'une grande passion n'agit que par son influence, et y rattache toutes ses actions, ainsi l'homme de lettres, rempli d'une de ces fortes conceptions mères des grands ouvrages, ne pense plus que dans le sens de son travail, et se renferme tout entier dans le cercle d'idées qui se dessine naturellement autour de l'idée principale. L'un et l'autre ne voient plus les objets que dans leurs rapports avec la passion ou la verve qui les domine. Voilà le secret des grands écrivains. De là cet accord, cet ensemble, cette harmonie de toutes les parties et de tous les détails d'un beau poëme. Un tel frein règle l'imagination sans la captiver; mais le désordre d'un esprit livré à lui-même, qui se jette à travers les idées que lui suggère la sensation du moment, ne dessemble pas plus à la verve et au véritable enthousiasme d'un poëte que le délire d'un malade ne ressemble à l'inspiration de Joad.

J'ai parlé du vice de composition des ouvrages descriptifs sans plan et sans liaison; mais en supposant même cet ordre de parties qui distingue les grandes créations épiques de la Grèce et de l'Italie, quelle sera, je le demande, la source de l'intérêt dans un poëme inanimé, qui ne représentera qu'une nature muette et de froids paysages?

L'intérêt ne se soutient que par des passions. On lira de suite les vingt-quatre chants de l'Iliade, on interrompra dix fois la lecture des quatre chants du poëme des Jardins. La lecture d'un poëme épique est un voyage à travers toute l'étendue de la nature, et toutes ses variétés, dans les cieux, dans le passé, dans l'avenir, parmi les hommes, et jusqu'au fond de leurs cœurs. La lecture d'un poëme descriptif est une promenade dans un paysage inanimé, qui ne retentit ni de la voix des hommes ni du chant des oiseaux. Voilà le premier tort des auteurs qui ont fait un genre exclusif de ce qui ne fut dans toutes les littératures anciennes et modernes qu'une partie nécessaire, mais dépendante, d'un genre principal. Sans doute la description est le premier but de la poésie, mais la poésie ne s'arrête pas à la description d'une nature inanimée. N'est-ce pas décrire encore que de représenter les orages des passions; Achille, debout sur son vaisseau, terrassant une armée, d'un regard et d'un cri, et Didon pâle de sa mort prochaine, et Mornay, qui dans la fureur des combats détourne la mort sans la donner? Resserrer la description dans l'art de décrire les champs, c'est borner la peinture à l'art des paysages. Quel est l'intérêt d'un ouvrage que l'on peut ouvrir au hasard, que l'on peut prendre et quitter à son gré, dont on peut bouleverser les chants sans déranger l'ordre des conceptions ni la liaison des idées, et dont les différentes parties ne sont pas même unies par ce lien des transitions dont Boileau surtout a donné dans notre langue de si admirables exemples. En effet, on ne voit qu'avec surprise dans les ouvrages de Delille, et qu'avec froideur dans ceux de ses imitateurs, les mots parasites qu'ils appellent des transitions: *Mais, cependant, c'est peu, souvent, ailleurs*, et tant d'autres adverbes insignifians qui rattachent l'un à l'autre deux morceaux, qui même quelquefois n'ont pas entre eux le rapport que semble indiquer cette conjonction.

Quelle source d'intérêt peut donc s'ouvrir

encore sous la main du poëte descriptif? l'intérêt de style, le seul qui recommande les ouvrages de Delille à l'admiration, intérêt séparé de son genre, particulier à son talent, et qui ne se trouve donc plus dans les croquis de ses imitateurs. Nous hasarderons cependant ici quelques observations sur les écueils du style de cette sorte d'ouvrages, ce qui prouvera quelle magie de talent il fallait à l'auteur des Jardins, de l'Homme des Champs et des Trois Règnes, pour soutenir même ce dernier intérêt; ce qui prouvera mieux encore combien, pour les imitateurs, était grande et même invincible la difficulté d'un vrai succès dans ce genre que le talent prodigieux de Delille a pu seul faire excuser avant eux.

Si l'art d'écrire se compose principalement de l'art des figures et des métaphores, c'est-à-dire de cet art ingénieux de présenter des idées abstraites sous des images physiques prises dans une nature choisie, il est évident que l'écrivain dont les vers ne seront qu'une suite de descriptions des beautés de la nature perdra ce charme heureux du style figuré. En effet, obligé d'employer tous les mots pittoresques de la langue dans leur acception simple, il ne trouvera jamais l'occasion de les détourner dans un sens métaphorique, et d'établir ainsi d'agréables rapports de l'intelligence qui conçoit la pensée, aux sens qui la revêtent de formes et de couleurs. Le style descriptif ne sera donc plus le style figuré, et toutes ses expressions, belles par la vérité de l'image, ne seront plus ingénieuses par l'adresse des métaphores.

Ce même principe exclut d'un poëme descriptif le charme des comparaisons, ou, par la nécessité de retourner les rapports, refroidit singulièrement l'intérêt que les comparaisons répandent sur une composition poétique. Expliquons-nous : Qu'un poëte épique veuille représenter un homme incorruptible au milieu des mœurs corrompues de la cour, il terminera ce portrait par cette ingénieuse comparaison :

> Belle Aréthuse, ainsi ton onde fortunée
> Roule au sein furieux d'Amphitrite étonnée
> Un cristal toujours pur et des flots toujours clairs,
> Que jamais ne corrompt l'amertume des mers. HENRIADE.

Mais si le poëte descriptif rencontre l'occasion de me peindre réellement cette fontaine de Sicile, quelle ressource lui restera-t-il pour embellir son image par une comparaison ? Sera-t-il donc obligé de la chercher dans le monde moral, et me rendra-t-il plus sensible l'effet de sa description par le rapprochement d'un courtisan incorruptible? Si le mérite des comparaisons et des métaphores consiste à représenter des idées morales sous des images physiques, on conviendra dès-lors que le système exclusif de la description privera la poésie d'un de ses plus beaux ornemens. Les institutions de la société n'étant qu'une copie de la nature, il ne faut point établir les rapports de la seconde à la première, mais de la première à la seconde. Comment comparer les causes aux effets? En un mot, le style de la poésie devant être la langue des sens, on se trompera bien étrangement en le chargeant d'abstractions.

On pourrait signaler ici quelques autres défauts qui sont particuliers à Delille, et que ses imitateurs n'ont pas manqué de prendre pour des beautés, et de ranger dans les conditions du genre; des coupes hasardées, des antithèses multipliées, une foule de vers composés de quatre mots opposés ou rapprochés par contraste ou par accumulation, défaut dont il serait difficile de ne pas trouver un exemple dans vingt vers pris au hasard; une surabondance d'épithètes, qui ne déguise pas le vide des idées; des expressions et des tournures privilégiées qui se reproduisent à chaque page, phrases banales dont on pourrait faire un dictionnaire assez piquant, à l'usage des poëtes descriptifs, et qui, enlevées avec précaution de certain poëme du jour, le réduiraient à quelques pages.

Je crois avoir indiqué les défauts inséparables du genre descriptif pour la composition comme pour le style. Je le répète, ces défauts, presque insensibles dans Delille qui les couvre de l'éclat de son talent, sont devenus si évidens et si ridicules dans les poëmes modernes, que la critique de ce système m'a semblé inséparable de l'Éloge de Delille. J'ai cru qu'il était temps de protester, au nom du dix-neuvième siècle, contre ce tort de quelques auteurs que les étrangers instruits pourraient attribuer à tous les écrivains français de nos jours. J'ai dû particulièrement insister sur le développement de ces vérités importantes. On a beaucoup déclamé depuis vingt ans contre le système de la description; mais je n'en ai lu jamais une critique raisonnée. L'éclat, le prestige, et surtout la facilité de ce genre de travail, séduisant naturellement la jeunesse, il n'est pas inutile sans doute de lui indiquer les écueils de ce brillant système. L'exposé des défauts du genre est la leçon la plus salutaire pour les jeunes élèves des Muses, et l'éloge le plus impartial de l'homme qui avait su réussir dans ce genre essentiellement vicieux.

On cherche, on désire à la suite d'un éloge littéraire quelques détails sur la vie de l'homme de lettres. La littérature moderne, entièrement isolée de la politique qui s'unissait intimement avec elle dans les littératures anciennes, ne marque aujourd'hui la vie d'un auteur que par les évènemens si peu importans de ses succès littéraires et de sa réception à l'Académie. Delille succéda dans ce corps au célèbre et malheureux La Condamine, qui ne recueillit de ses longues navigations que de graves infirmités. Son éloge, prononcé par Delille, un peu exagéré d'ailleurs, est un des meilleurs discours de réception auxquels cette vaine cérémonie ait donné lieu.

Nous remarquerons que Delille, professeur de l'Université, et depuis du Collège royal, avait puisé, dans les fréquentes occasions qu'il eut d'expliquer Virgile, sa prédilection pour cet ouvrage, et sa résolution de le traduire : ce qui, avec tant d'autres preuves fournies par les annales de la littérature classique, témoigne que l'exercice de l'enseignement donne seul à quelque homme que ce soit l'intelligence parfaite des auteurs anciens, et les ressources nécessaires pour les traduire. Il n'y a pas un professeur qui n'avoue qu'il a mieux compris et surtout mieux senti Virgile ou Horace, après avoir entrepris de le faire comprendre et sentir à ses élèves. J'indique ce nouveau paradoxe aux littérateurs qui discutent l'utilité, ou plutôt la possibilité d'une traduction.

Si je voulais représenter Delille comme citoyen, époux et homme du monde, je n'aurais qu'à parler de vertus, de gloire et de plaisirs. Sa vie a été le développement brillant du plus heureux caractère que le Ciel ait formé. Son ame ne fut jamais troublée par la violence des passions, et peut-être faut-il attribuer à ce calme de ses sens le calme de son esprit, qui ne s'est jamais élevé jusqu'à de sublimes beautés. Son cœur fut sensible, mais sans exaltation. Sa jeunesse, caressée dans de brillans salons et dans de délicieux boudoirs, fut embellie de toutes les voluptés mondaines, et sa vieillesse couronnée de l'admiration des hommes instruits de tous les climats. Une épouse, touchant objet de ses affections durables, et pour qui sa muse fut si bien inspirée dans une épître, l'une de ses plus heureuses productions, des amis et des collègues dont il sut assez se faire aimer pour n'être envié d'aucun d'eux, ont charmé le cours de sa vie par le doux commerce de l'amour et de l'amitié. L'estime de Frédéric, de Louis XV et de Voltaire encouragea ses premiers efforts. Rivarol, qui, parmi tant d'autres singularités affecta celle de critiquer Delille au milieu du concert de louanges dont la France retentissait, ne put jamais arracher à sa muse un hémistiche malin, ni même une juste et facile apologie. Une richesse inépuisable de souvenirs, alimentée par les relations étendues de sa vie littéraire, et par ses voyages en Angleterre, en Suisse et en Grèce, une candeur d'ame, une franchise presque inconcevable aujourd'hui, la repartie la plus vive et la plus ingénieuse, le don si rare de bien lire et de bien raconter, une expression de physionomie et une mobilité de traits qui auraient animé dans sa bouche des vers mêmes de La Harpe, telles furent les heureuses qualités qui en firent jusqu'à son dernier moment l'homme le plus aimable, comme son talent en fit le premier poëte de la France.

Il fut plus, il fut sujet fidèle et courageux. Après avoir consolé de sa lyre les exilés au bord de la Tamise, rappelé par le secret amour de la patrie, il revint en France avec tout son courage. Des trésors, des honneurs furent ofvers parjure. Fidèle à la cause de la justice et du malheur, il chanta de nobles regrets, en nourrissant peut-être de douces espérances !

O Delille ! ta muse manque aux évènemens de nos jours. Le Ciel te ravit la plus douce récompense de ta longue fidélité. Tu meurs avant le temps, tu meurs, et les lis, cette fleur la plus chère au poëte de la nature, les lis, que tu arrosais secrètement de tes larmes furtives, refleurissent au pied du trône plus brillans, plus sacrés que jamais. Tu meurs, et toi seul aujourd'hui, toi seul tu serais digne par les droits du talent et surtout par ceux du courage, tu serais digne de chanter ce bienfait de la Providence. Toi seul, tu n'aurais pas besoin de réclamer l'oubli de tes hymnes passés, ou de donner pour excuse la triste nécessité d'obéir. Tu disais à l'idole du jour :

> O vous ! qui prétendiez, profanant ma retraite,
> En intrigant d'État transformer un poëte,
> Épargnez à ma muse un regard indiscret ;
> De son heureux loisir respectez le secret.
> Auguste triomphant, pour Virgile fut juste :
> J'imitai le poëte, imitez donc Auguste ;
> Et laissez-moi, sans nom, sans fortune et sans fers,
> Rêver au bruit des eaux, de la lyre et des vers.

C'est donc à toi de chanter le retour de la justice et des vertus. Ta voix est pure, et ton encens n'est point souillé. C'est à toi...... Que dis-je? vains souhaits! Tu n'es plus, et Louis remonte sur son trône! Ah! reçois au nom de la France et de ton Roi lui-même, reçois ce regret honorable et touchant, et que ton ombre, insensible peut-être à ce faible éloge de ta gloire mortelle, jouisse au moins de l'hommage plus flatteur que paye un regret unanime à ta courageuse constance!

Mais, ô bonheur! tu n'avais pas attendu ces jours de gloire et de clémence pour déposer l'hommage de ta muse aux pieds du héros qu'immortalise notre salut. Tu avais admiré déjà cette belle ame, cet Alexandre pour qui le nom de Grand est insuffisant désormais, et ta reconnaissance à devancé la nôtre. Heureux encore, nous avons pu lui présenter ce tribut de notre poete, qu'une jalouse autorité condamnait à l'oubli. Absent, tu as encore été l'organe de nos sentimens, et tous les cœurs français ont répondu aux cris d'admiration qui s'étaient élevés de ton cœur jusqu'au nord de l'Europe. Puisse notre sauveur avoir lu dans nos yeux, dans nos ames, l'enthousiasme que tu avais répandu dans cette Épître qui fut proclamée par la France reconnaissante le plus beau de tous tes ouvrages!

Oh! que le talent est admirable sous les

traits de l'aimable vertu! Reçois donc, ô Delille! ce double hommage de l'admiration et de l'estime publique; et comme autrefois sur la tombe poétique de Virgile ton maître, s'éleva de lui-même un laurier qui témoignait sa gloire, qu'au pied du simple mausolée que ton cœur demandait à ton épouse, et que son amour t'a consacré, naissent et fleurissent, témoins de ta vertu, des lis, la plus douce fleur, la plus belle, puisque la blancheur est le symbole de la pureté, la plus noble dont notre douleur puisse composer ta couronne!

FIN.

www.ingramcontent.com/pod-product-compliance
Ingram Content Group UK Ltd.
Pitfield, Milton Keynes, MK11 3LW, UK
UKHW020353220726
13923UKWH00004B/1624

9 782014 448702